우흥이
멀려가봤자

La collec' des filles

맘을 울려도 웃음이 어디 멀리 가봤자

Illustrations de
Karen Laborie

Roseline au top !

Michel Amelin

Éditions Lito

Le placard de
Roseline

1• Lotion contre les boutons
2• Crème hydratante
3• Tee-shirts
4• Short rose en coton
5• Sac de sport
6• Baskets

Chapitre 1
Les cheveux longs

Je m'appelle Roseline. J'ai quatorze ans. Depuis que je suis toute petite mes parents claironnent que je suis adorable. C'est vrai que je ne crie jamais, que je suis toujours sage et d'humeur égale. J'ai un visage joufflu. Quand je souris, j'ai des fossettes profondes comme des petits puits. C'est normal avec l'épaisseur de mes joues… Mes cheveux sont mi-longs sans couleur définie. Sont-ils brun clair, blond foncé, châtains, auburn ? Mystère ! Mes yeux ne sont ni verts, ni marron mais d'une teinte intermédiaire hésitant entre le kaki et le caca d'oie.

Je suis loin d'être maigre. Mes parents ont pris l'habitude de dire que je suis « un peu enveloppée ».

Tu parles ! Souvent, j'entends les garçons ricaner dans mon dos. Ils m'appellent « la bonne grosse Roseline ». Mais je m'en fiche ! Ils se croient beaux, eux ? Avec leur voix qui mue et leur silhouette de haricot couvert de boutons d'acné ! Je méprise les garçons. Leurs réflexions me glissent dessus comme l'eau sur les plumes d'un canard.

L'affreux Gonzague, par exemple, mesure près d'un mètre quatre-vingts à seize ans. Son épaisse crinière de lion lui descend jusqu'aux épaules. Le pauvre ! Pour obtenir cette coiffure, il doit se battre tous les matins pendant trois heures avec son sèche-cheveux avant de sculpter son brushing avec une tonne de gel ! Ça doit bien l'occuper. D'ailleurs, il n'a que ça à faire, Gonzague, avec ses deux ans de retard scolaire... Je crois bien que si on pouvait inscrire ses connaissances intellectuelles, elles tiendraient sur un timbre-poste. C'est vous dire. Bref, Gonzague m'a prise en grippe le jour où j'ai refusé de le laisser copier sur mon interro de maths.

– Roseline, ma choute... supplia-t-il. Si j'ai encore zéro, je me fais assassiner par mon père ! Laisse-moi jeter un œil sur ta copie. À l'interclasse, je te ferai des tas de bisous dans le cou.

Ce Jason avec sa Toison d'or collée sur la tête croyait que j'allais céder parce que toutes les filles sont folles de lui. Eh bien, il se mettait le doigt dans l'œil jusqu'au coude ! Hum… j'aurais pu le piéger en écrivant un faux devoir plein de bêtises.

Mais je renonçai à cette manœuvre tordue pour lui opposer un refus pur et simple. Si j'empêchais cet imbécile heureux de me copier dessus, il allait se retrouver face à ses lacunes aussi profondes que les grandes failles de l'océan Indien. Joie mauvaise. Revanche de l'intelligence sur la beauté. Je n'étais pas très fière de mon coup mais, que voulez-vous : il faut bien que je m'accorde des petites satisfactions de temps en temps puisque personne ne m'en accorde.

Je ricanai en posant mon bras dodu sur ma feuille :

– Interdit de copier. Fais travailler ton cerveau, Gonzague. Pour une fois.

Il me lança un regard stupéfait. Il n'en revenait pas. C'était la première fois que « la bonne grosse Roseline » se révoltait. D'habitude je cédais toujours. J'étais incapable de résister à de la gentillesse même quand elle était intéressée. Mais aujourd'hui, non ! Il faut bien commencer un jour, n'est-ce pas ?

– Je t'en prie, souffla-t-il en me décochant une nouvelle œillade d'amoureux transi.

La prof de maths était habillée dans un tailleur rayé jaune et noir. Elle tournait dans la classe comme une tigresse à la recherche d'une victime à dévorer. Comme elle était à moitié sourde, on pouvait quand même parler quand elle avait le dos tourné.

Gonzage se cachait toujours derrière sa crinière. Sa voix gronda entre ses bouclettes blondes et brillantes.

– Tu me le paieras, la grosse !

Je ne répondis pas à son insulte. Cela faisait tellement longtemps que j'entendais ce mot. J'avais ma fierté. À moi la revanche ! Ma révolution intérieure éclatait au grand jour.

J'eus dix-neuf sur vingt au contrôle et Gonzague zéro, comme prévu.

Mais il ne se fit pas assassiner par son père. Dommage.

Chapitre 2
Le short rose

Quelques jours plus tard, notre prof de gym tomba subitement malade. Plutôt que de nous envoyer en étude, le second prof de gym du collège demanda à notre classe de se réunir avec la sienne pour suivre son cours. Un stagiaire l'assistait. C'était un moustachu d'un mètre cinquante qui avait dû passer son adolescence à faire des haltères sous une armoire. Il était aussi large que haut ! Nous fûmes tous impressionnés par les jambons qui lui servaient de bras.

– Je supervise une compèt' de saut en hauteur, lança-t-il devant les deux classes réunies.

– Et moi, un tournoi de rugby ! répondit l'autre

prof en écho. Dispatchez-vous équitablement en deux groupes.

Horreur ! Où allais-je me dispatcher ? Que faut-il choisir quand on propose à une nulle en gym deux moyens d'exécution capitale ? La chaise électrique ou la pendaison? Prendre des gnons joyeusement décochés par des rugbymen gueulards ? Ou me fracturer le dos à côté du tapis de réception sous les rires de mes petits camarades ? Tel était mon dilemme.

La mort dans l'âme, je choisis la compèt' de saut en hauteur. Le stagiaire surmusclé traîna, seul, un matelas d'un kilomètre carré et le disposa derrière une paire de poteaux oranges.

J'avais enfilé un short rose qui me boudinait. C'était le seul qui me restait. Tous les autres avaient craqué. Quelle angoisse ! Pourvu que celui-ci ne lâche pas à son tour.

Autour de moi, les filles et les garçons piaffaient d'impatience comme un troupeau de chevaux au départ du tiercé. L'affreux Gonzague faisait partie du groupe. Cette asperge devait bien être capable de sauter deux mètres ! Une grande fille aux cheveux très courts, d'un blond oxygéné, et à la silhouette parfaite se tenait en retrait. C'était une nouvelle. Je ne l'avais jamais vue. Elle faisait partie de l'autre classe. Quelqu'un déclara qu'elle s'appelait Ingrid et que c'était une bombe. Ah bon ?

Gonzague lui jetait des coups d'œil par en dessous en prenant son air de tombeur. La fille l'ignorait. Elle avait des yeux bleu vif, une bouche épaisse, un long cou distingué et des jambes qui n'en finissaient pas.

Ah ! Certaines sont gâtées par la nature ! Si ça se trouve, c'était aussi une bombe intellectuelle. Il paraît que de tels êtres existent. Ingrid pouvait donc être, en plus, une crack en sciences, maths, langues et français… Si, pour compléter le tout, ses parents étaient riches, c'était à désespérer de l'égalité des chances.

Je me sentis envieuse. On ne doit pas avoir trop de problèmes dans la vie quand on est belle, intelligente et riche !

Mais il ne fallait pas que je désespère. Je n'étais peut-être ni belle, ni riche, mais je me trouvais quand même un peu intelligente… Après tout, la belle Ingrid pouvait être nulle et très pauvre…

Cette pensée me remonta le moral.

Le stagiaire tendit l'élastique entre les poteaux.

– Nous allons commencer à quatre-vingts centimètres, hurla-t-il en faisant rouler ses biceps.

– Bon, je m'assois, répondit Gonzague en secouant sa crinière blonde. Vous me préviendrez quand vous serez à une hauteur normale.

– Mais c'est une hauteur normale pour certains d'entre vous ! répondit le stagiaire. Tout le monde doit passer, même toi, monsieur le malin.

Gonzague se releva en boudant. Il s'élança et sauta n'importe comment à une hauteur faramineuse au-dessus de l'élastique.

– Bon, dit le stagiaire en le fusillant du regard. Mets-toi sur le côté en attendant.

Chacun suivit rapidement. Hop ! Hop ! Hop ! Quel régiment de sauterelles ! Je tremblais dans mon short. J'essayais de me cacher derrière les autres mais j'étais quand même obligée d'avancer. Ingrid était juste devant moi. Elle prit son élan et, en trois foulées, franchit l'élastique comme si elle était chaussée de ressorts. Elle tomba gracieusement à la fois sur le matelas et sous le regard admiratif du stagiaire et des garçons du groupe.

C'était mon tour ! Trois solutions s'offraient à moi :

1• m'évanouir et me faire évacuer par le SAMU.

2• m'enfuir jusqu'à Tombouctou.

3• sauter.

J'étais vraiment une trouillarde. Je choisis la troisième solution.

Je pris mon élan du mieux que je pus et je m'élançai au-dessus de l'élastique. Du moins, je crus que je m'élançais au-dessus. En fait, l'élastique s'accrocha au milieu de mon ventre. Je m'écroulai sur le matelas, les bras en croix. L'élastique, détendu par mon corps haletant, tira alors sur les poteaux oranges. Ils me tombèrent dessus. Et paf ! Et boum !

À moitié assommée, les joues brûlantes, je roulai sur le tapis sans parvenir à me relever car je m'étais entortillée dans l'élastique. La honte suprême.

– Vise Roseline le rosbif ! lança une voix que je reconnus comme celle de Gonzague.

Chapitre 3
La gifle

Quand je parvins à me remettre debout, je baissai la tête, incapable de supporter le regard des autres. Il n'y en avait qu'une qui avait raté son saut et c'était moi !

– Pas grave, dit le stagiaire. Tu as droit à trois essais. Comment t'appelles-tu ?

– Ro… Roseline.

– Mais enfin, intervint Gonzague, vous voyez bien qu'elle n'arrive pas à sauter quatre-vingt centimètres. On ne va pas poireauter pendant qu'elle tord les barres à force de les faire tomber.

– Toi, le caïd, je te conseille de te taire ! jeta le stagiaire. Roseline, je vais baisser l'élastique à cinquante centimètres.

– C'est sûr qu'un teckel arriverait à sauter, ricana une voix.

– Ou un ver de terre, ajouta une autre.

– Qui a dit ça ? hurla le prof.

Pas de réponse.

– Vous devez avoir le minimum de respect envers votre amie Roseline ! reprit le prof. Ce n'est pas sa faute si elle ne parvient pas à sauter quatre-vingts centimètres.

– C'est à cause de ses grosses fesses, grommela Gonzague.

On entendit le bruit d'une gifle. Les cheveux dans les yeux, Gonzague, éberlué, se frotta la joue.

Ingrid, la nouvelle, venait de le frapper !

– Qu'est-ce que c'est ? Qu'est-ce que c'est ? vociféra le stagiaire en rebondissant comme un yoyo autour du matelas. De la violence ? Des coups ? Filez dans le bureau du conseiller d'éducation tous les deux ! Qui est le délégué de cette classe ?

– Je suis la déléguée élue, dis-je en le regardant droit dans les yeux.

– Toi ? Roseline ?

– Tout le monde se défilait. Je me suis proposée et j'ai été élue à l'unanimité.

– Ça ne te gêne pas de les accompagner au bureau ?

– Non, ça ne me gêne pas. Au contraire, ça me fait plaisir.

Il me sourit. Il avait deux dents en inox. Un vrai sourire ravageur.

Chapitre 4
Ingrid

— Je suis désolée pour toi, dis-je à Ingrid qui se rhabillait à côté de moi.

— C'est moi qui suis désolée. Je te plains de supporter des réflexions pareilles.

— C'est une vieille histoire entre Gonzague et moi. Il a profité de cette séance pour régler un compte avec moi.

— C'était quoi votre histoire ?

— Je l'ai laissé tomber à un moment crucial.

Ingrid ouvrit ses grands yeux bleu porcelaine :

— Tu veux dire que vous sortiez ensemble ? Tu l'as jeté et il se venge ?

Je grimaçai. Cette fille devait être très myope

ou légèrement débile mentale…

– La seule histoire qu'il y a eu entre Gonzague et moi, c'est mon refus de le laisser copier sur mon devoir de maths.

Ingrid soupira et se détendit. Elle avait l'air rassuré :

– Ah bon, ce n'est que ça ! En tout cas, ce type est une ordure pour régler ses comptes de cette façon. On ne se moque pas d'une fille comme toi devant tout le monde.

– J'ai l'habitude, tu sais.

– On doit toujours avoir pitié des êtres sans défense.

– Je ne suis pas totalement sans défense.

– Mais tu es quand même vulnérable. Ça se voit.

– Ah oui ? Où as-tu appris à jouer la psy de service ?

– Je m'intéresse, c'est tout… Tu connais les rubriques d'un magazine génial qui s'appelle *Top Nul* ?

– Non. Je ne lis que les programmes télé. *Top Nul*, c'est un magazine avec des mochetés ?

– C'est le magazine des filles qui en ont marre

de la beauté. Je l'achète depuis le numéro 1.

– Il faudra que tu me le prêtes un de ces jours.

– Toi aussi, tu en as marre de la beauté ?

– Heu… oui. Mais sans doute pas pour les mêmes raisons que toi.

– Toutes les filles devraient être abonnées à *Top Nul*. D'ailleurs, je crois que je vais fonder un club *Top Nul* dans ce collège dès que je connaîtrai un peu plus de gens. Tu pourrais en faire partie ? Qu'en penses-tu ?

– C'est très gentil à toi de me le proposer. Nous nous connaissons à peine et tu me fais déjà confiance…

– Entre filles, il faut s'aider. *Top Nul* organise des concours délirants. On pourrait faire le prochain, non ?

– Qu'est-ce qu'il faut faire ?

– Hum… Tu verras. Je te réserve la surprise. En tout cas, tu peux être certaine qu'avec ce magazine merveilleux, tu considéreras les autres d'une façon différente.

– Je n'ai quand même pas besoin de lire *Top Nul* pour savoir que certains se vengent de moi parce que j'ai de bons résultats scolaires et que je les écrase tous en classe. En gym, c'est le retour de bâton.

– Quand j'étais en CM2, je me suis mise à pousser d'un seul coup, raconta Ingrid. Je dépassais tout le monde d'une tête. Et j'étais maigre comme un clou. Les autres m'appelaient « la grande sauterelle maigre ». Je viens d'une école difficile où il ne fallait rien laisser passer sinon on était mort. J'ai toujours su me défendre.

– D'accord, Ingrid. Mais ici, une gifle ça peut aller loin.

– Et les injures de garçons ?

– On verra ce que dira la mère Dubreuil. C'est la C.P.E.

Nous nous sommes levées en prenant nos sacs.

– Je dois te remercier, toi et ton magazine *Top Nul*, repris-je. C'est… c'est la première fois que quelqu'un prend ma défense.

– C'est normal. J'ai toujours été une militante des opprimés, des animaux et tout ça.

Quelle sorte d'animal opprimé étais-je pour que la belle Ingrid s'intéresse à moi ? En sortant du local, je préférai ne pas le lui demander.

Le beau Gonzague nous attendait sur le pan

incliné d'accès au complexe sportif.

– Vous les filles, vous mettez des siècles à enlever le plus petit tee-shirt. Dis donc, Roseline, t'es restée coincée dans ton short ?

– Et toi ? T'es resté coincé dans ton cerveau ? J'espère que la mère Dubreuil va te sacquer.

– Ça ne risque pas. Je suis copain avec son fils. Dubreuil m'adore.

– Elle a tort. Elle devrait se méfier de toi. Un gars avec les neurones pompés par les cheveux tourne toujours mal.

Gonzague haussa les épaules. Nous nous sommes mis en route vers les bâtiments du collège. J'étais certaine que la mère Dubreuil, embusquée derrière la fenêtre de son bureau, nous surveillait avec ses jumelles.

– Tu es une violente, toi !

Pendant une seconde, je crus que Gonzague me parlait. Mais non, c'était à Ingrid qu'il s'adressait.

– Je n'aime pas les grands mecs prétentieux, répondit celle-ci.

– Incroyable ! Elle aime les nains bien ordinaires. Tu devrais prendre rendez-vous avec le prof stagiaire. Ce doit être ton genre.

– Oui, c'est le genre de beauté que j'aime ! répliqua Ingrid. Un mec viril, gentil, qui ne passe pas son temps à se pavaner en jouant avec son brushing.

Gonzague ferma son clapet. Il devint aussi rouge qu'un camion de pompiers.

Chapitre 5
L'âge des complexes

Dubreuil était dans un bon jour. Elle n'assassina personne. C'était une femme petite comme un pruneau avec des yeux qui vous transperçaient sur place.

– Deux heures de colle pour toi, lança-t-elle à la façon d'un juge en frappant sur son bureau avec une réglette en fer.

Gonzague baissa la tête en prenant un air de victime d'erreur judiciaire. Il ne répliqua pas. La maman de son copain savait se montrer juste.

– Quant à toi, Ingrid, reprit Dubreuil avec un sourire qui lui fendit le visage d'une oreille à l'autre, j'apprécie que tu prennes la défense d'une fille comme Roseline. Mais ce n'est pas une raison pour distribuer des gifles à droite et à gauche. Comme tu es nouvelle, je passe l'éponge cette fois-ci mais je ne veux plus entendre parler d'un geste pareil. Sortez tous les deux, je dois parler à Roseline.

Ingrid et Gonzague disparurent. Dubreuil me découpa avec les rayons laser qu'elle avait à la place des yeux.

– Je suis désolée pour cette histoire, Roseline. Si tu as à te plaindre de réflexions et de méchancetés de la part de tes petits camarades, n'hésite pas à venir me voir.

Elle attendit une réponse. Je dansai d'un pied sur l'autre.

– Tu n'as rien à me dire ? insista la C.P.E.

– Non, madame.

– Tu es satisfaite de ton sort ?

– Ben… oui.

– Tu te sens bien ta peau ?

– Heu… oui.

– Figure-toi que moi aussi, j'ai vécu cette terrible épreuve de ne pas être tout à fait comme les autres.

– Mais je suis comme les autres !

– Tu es dans l'âge des complexes. C'est normal. Moi j'étais minuscule. Il fallait faire attention à ne pas me marcher dessus. Eh bien ! Regarde ce que je suis devenue ! J'ai des responsabilités, je commande un établissement scolaire important et j'ai une vie merveilleuse. Tu comprends ce que je veux te dire ?

– Heu… oui, madame.

– Le physique n'a aucune importance. C'est ce qui est dans la tête qui compte ! Si tu n'es pas satisfaite de ton physique, il y aura toujours moyen d'y remédier. On peut trafiquer le corps avec les régimes, la chirurgie esthétique et tout ça… Mais, l'intelligence et le cœur, NON ! Voilà les éléments vitaux ! On peut être beau mais avoir le quotient intellectuel d'une grenouille ! Tu imagines la tragédie ? Pour toi, c'est le contraire mais ce n'est pas une tragédie. C'est juste un petit problème.

Le contraire ? Quel contraire ? Je ne comprenais pas sa démonstration fumeuse. Voulait-elle dire que j'étais une grenouille intelligente ?

– Rassure-toi, Roseline, reprit Dubreuil. Quelqu'un finira bien par tomber amoureux de toi.

Si Dubreuil croyait me rassurer, c'était raté ! J'avais l'impression de m'enfoncer dans le sol, tellement j'avais honte.

– Dis-toi bien qu'une belle idiote est toujours plus malheureuse qu'une... hum... pas belle intelligente.

– Oui, madame.

Dubreuil repoussa son fauteuil de bureau. Il était monté sur roulettes. Les pieds de la C.P.E. ne touchaient pas terre. Elle roula vers moi et sauta de son véhicule avant qu'il ne s'écrase sur une armoire métallique. Debout ou assise, Dubreuil faisait la même taille. On aurait dit une sorcière victime d'un sort. Le haut de sa mise en plis m'arrivait au menton. Elle leva la tête vers moi et me malaxa affectueusement les épaules comme si j'étais en pâte à pain :

– Roseline, si tu as un problème, tu dois en parler à tes parents, à l'assistante sociale et à la psychologue du collège. Pour mettre toutes les chances de ton côté, je te conseille aussi d'aller voir un psychiatre, un psychanalyste, un pédopsychiatre, un psychomotricien, un spécialiste du comportement, un médecin diététicien, un orthodontiste, un chirurgien esthétique, un bon coiffeur et une esthéticienne. Prends aussi des cours de maintien, de piscine, de danse, de relaxation, de théâtre. Et n'oublie pas de venir me voir dès que tu craques.

– Merci, madame.

Assommée, je parvins quand même à sortir du bureau sans éclater en sanglots.

Chapitre 6
Moche

Ingrid m'attendait dans le couloir. Elle avait les pommettes rouges et tremblait un peu. Gonzague avait disparu.

– Alors ? me demanda-t-elle. Qu'est-ce que Dubreuil t'a dit ?

Je respirai à fond pour reprendre courage :

– Presque rien. Elle m'a conseillé de me faire opérer de la tête tout en courant le marathon dans une piscine. Avec trois tonnes de maquillage, un jeu de perruques et l'interdiction de manger pendant un an, je devrais ressembler à une fille à peu près potable.

Je sentis les larmes me monter aux yeux. Je me

sentis soudain au bout du rouleau. Je n'allais tout de même pas me mettre à pleurer sur l'épaule de cette fille que je connaissais à peine.

Mais Ingrid ne m'avait même pas écoutée. Ses beaux yeux bleus étaient perdus dans le vague.

– Ça ne va pas ? dis-je.

– Hein ?… Bien sûr que si.

– Tu fais une drôle de tête. C'est Gonzague ? Il t'a insultée ?

– Mais non.

Je ne rêvais pas. Ingrid souriait !

– Pourquoi souris-tu ?

– Mais pour rien ! Je n'ai pas le droit de sourire maintenant ?

– Qu'est-ce que vous avez fait dans le couloir ?

– Hé ! C'est le grand interrogatoire ?

– Je te préviens que Gonzague est bête comme ses pieds. Toutes les filles du collège te le diront.

– Et alors ?

– Et alors ? C'est un crétin ! Un type odieux ! Tu l'as vu à l'œuvre tout à l'heure.

– Il a pris une bonne leçon. Il me l'a dit.

– Ah… je vois la scène. Pendant que je me faisais bombarder par les conseils délicats de

Dubreuil, mademoiselle Ingrid acceptait le pardon du beau Gonzague.

Ingrid soupira :

– Bon. On ne va pas se disputer maintenant. Tu es en colère et c'est normal.

– Oui, c'est normal ! Qu'est-ce que tu dirais, toi, si tu te faisais traiter de rosbif en gym et que la C.P.E. te conseille ensuite d'aller voir des tas de spécialistes pour être consommable ? Tu crois que je suis heureuse de voir une traîtresse dans ton genre qui me défend d'abord et qui fait ensuite les yeux doux à mon tortionnaire dès qu'elle en a l'occasion?

– Il ne m'a pas fait les yeux doux.

– Menteuse !

– Lâche-moi, tu veux.

Les sanglots m'étouffèrent. Je m'élançai dans le couloir, les mains plaquées sur le visage. Ingrid me rejoignit.

– Ne pleure pas Roseline. Tu seras affreuse quand tu entreras dans la salle d'étude.

– Je n'ai rien à perdre, je suis déjà affreuse ! Mon visage est naturellement rouge, mes cheveux et mes yeux naturellement moches. Et je suis naturellement grossc !

– Ne dis pas cela. Il y a toujours quelque chose à faire.

– C'est facile pour toi de dire cela ! Avec ton physique !

– J'ai été moche moi aussi.

– C'est toi qui le dis.

– Mais si, mais si…

– Tu crois que ça me soulage ? En tout cas, c'est vraiment sympa de dire que tu as été moche toi aussi !

Vexée, Ingrid me laissa partir.

Je ne voulais surtout pas retourner en gym et affronter le regard des autres élèves. Pourtant j'étais sortie gagnante de l'épreuve. Mais à quel prix !

Chapitre 7
Confidences

La salle d'étude était remplie de sixièmes. Le pion qui les surveillait était une peau de vache surnommé Dracula. Lorsqu'il souriait pour annoncer une punition, on voyait ses deux canines supérieures apparaître sur sa lèvre bien rouge.

Demi-tour droite pour Roseline ! Quittons ce lieu dangereux pour le C.D.I. !

Madame Vanlanghermeersch, la documentaliste, était plongée dans son ordinateur. Elle tapait comme une dingue les références d'une pile de bouquins édifiée à côté d'elle. Bonjour la tour de Pise !

Des élèves étaient dispersés un peu partout et faisaient semblant de travailler. Certains, par contre, ne faisaient pas du tout semblant de dormir. Je m'approchai du rayonnage des revues et m'enfonçai dans un fauteuil de mousse.

– … et tu ne devineras jamais ce qu'il s'est passé ? chuchota une voix.

Je sursautai. L'infâme Gonzague était là ! Planqué derrière un philodendron, il racontait ses dernières aventures à un garçon prénommé Casimir.

– Non, je ne sais pas, répondit Casimir.

– Je lui ai dit : je suis désolé, Ingrid. Vraiment désolé. J'ai vraiment été plus bas que tout. Tu as bien fait de me flanquer une gifle. Et la mère Dubreuil aurait pu me donner encore plus d'heures de colle.

– C'est pas vrai ? Tu as dit ça à Ingrid ?

– Qu'est-ce que tu veux, mon vieux ! Pour faire fondre une fille, il faut prendre des précautions. Cette nana, c'est une bombe ! Il fallait d'abord la désamorcer.

– Géant !

Casimir jouait très bien le rôle de l'ami béat.

Moi, je bouillais de rage dans mon fauteuil. Gonzague faisait le fier ! Devant le timide Casimir, il n'avait aucun mal à passer pour le super héros broyeur de cœurs. Désamorcer la bombe Ingrid ! C'était la meilleure de la journée ! J'ignorais que Gonzague avait un tel vocabulaire. Il devait trop regarder les films américains.

– Je l'ai désamorcée en douceur. Et, ensuite, j'ai mis le compte à rebours.

– Non ?

– Dix, neuf, huit, je lui fais le coup du regard tendre. Sept, six, cinq, je souris et je m'approche. Quatre, trois, deux, je tends les lèvres. Un, zéro, BOUM !

– C'est pas vrai !

– Et pendant ce temps, la grosse Roseline était en train de pleurnicher sur l'épaule de Dubreuil ! Trop drôle.

– Alors ? Comment c'était ? souffla Casimir.

– Quoi ? Roseline et la Dubreuil ?

– Mais non… la bombe.

– Des lèvres comme je te dis pas.

– Pulpeuses ?

– Heu… oui. C'est ça. Je lui ai dit : Ingrid, je

suis dingue de toi. Jamais j'ai vu un canon dans ton genre.

– Qu'est-ce qu'elle a répondu ?

– Heu… rien. les filles ça répond jamais rien quand on leur fait des compliments. C'est comme ça. Elles écoutent en souriant mais faut faire gaffe. Si tu te trompes de compliment, c'est râpé. J'ai entendu Roseline marcher dans le bureau. Elle allait sortir. J'ai préféré partir en laissant Ingrid sur sa bonne impression.

– Répète-moi comment elles étaient ses lèvres ?

– C'est toi qui l'as dit… pulpines.

– Pulpeuses.

– Oui, c'est ça !

– Mieux que des fraises ? Quel goût elles avaient ?

– Ah tu m'énerves avec tes questions ! Si tu embrassais des filles, tu le saurais.

Casimir ne répondit pas. Quant à moi, j'étais au comble de la haine. J'avais l'impression d'être une Cocotte-Minute au bord de l'explosion de couvercle. Je ne m'étais pas trompée quand j'avais observé le visage rosissant d'Ingrid dans le couloir. Gonzague s'était débrouillé pour l'embrasser. Et elle avait aimé ça !

Chapitre 8
Vue et revue

Quelle misère de comploter ainsi derrière une plante verte pour raconter une pitoyable manœuvre même pas amoureuse ! Mon premier réflexe avait été de bondir à travers les feuilles de philodendron comme un tigre sortant de la jungle. J'aurais terrassé ces deux petits mâles d'un coup d'œil mauvais et d'une réflexion vache… Mais je renonçai à cette action surprise. Il valait mieux ne pas se faire voir. Je ne voulais pas que Gonzague et Casimir pensent que j'avais fait exprès de me planquer dans un fauteuil mousse pour les espionner. C'était eux les planqués ! Pas moi.

À quatre pattes sur la moquette, je trottai à l'abri d'un rayonnage de revues. Ces garçons n'avaient aucun sens de la fierté. Je ricanai toute seule en me répétant les paroles entendues. Gonzague et sa bombe désamorcée aux lèvres « pulpines » ! C'était trop drôle ! Pour un peu, je me serais tordue de rire sur la moquette.

Toujours à quatre pattes, je tombai nez à nez sur des revues aux titres sinistres que la documentaliste avait classées en bas des rayonnages : *Textes libres au collège*, *Lectures obligées ou fortement conseillées*, *Adolescence et Apprentissage*, *Discipline et Morale par le français*, *Pédagogie de la joie de vivre en collège…*

Demi-tour Roseline !

Je butai contre des jambes de femme.

— Roseline ! s'exclama une voix au-dessus de moi. Peux-tu me dire ce que tu fais à quatre pattes dans le C.D.I. ?

— Heu… je regardais les revues.

— Tu veux dire que tu lisais ces revues-là ?

— Heu… oui.

Madame Vanlanghermeersch me contempla comme si j'étais un Martien. Je me remis debout avec difficulté. Gonzague et Casimir chuchotaient toujours derrière leur philodendron. Madame Vanlanghermeersch me sourit. Elle serrait contre elle une pile de nouvelles revues. Elle m'en tendit une.

– Tiens, Roseline ! Examine donc celle-ci. Je l'ai reçue en exemplaire gratuit et je ne sais pas quoi en penser. Comme tu es une fille qui a les pieds sur terre et la tête bien faite, tu me diras ce que tu en penses. Fais-moi une fiche. Si tu aimes, je prendrai un abonnement.

Le sourire de Vanlanghermeersh découvrit une rangée de dents aussi blanches que fausses. Je saisis la revue du bout des doigts. Encore un nouveau machin sur la lecture au collège !

Je quittai des yeux l'insupportable sourire de la documentaliste pour détailler la couverture.

Ce n'était pas une publication pédagogique.

C'était *Top Nul*, « le magazine des filles qui en ont marre de la beauté » !

Sur la couverture, une fille avec une face de pleine lune et des cheveux gras grimaçait en louchant. Elle avait une dent peinte en noir, deux anneaux dans le nez, des boucles d'oreilles en forme de cabines téléphoniques et un tatouage sur le menton. Au-dessus de la photo, je lus une manchette imprimée de travers en énormes caractères rose bonbon :

TU PÈSES PLUS DE CENT KILOS À TREIZE ANS ? TOI AUSSI DEVIENS STAR !

Le sommaire annonçait en lettres vert pistache :

• **Les toutes nouvelles recettes pour grossir.**
• **Échec aux piqueuses de mecs !**

Comment enlaidir le garçon
avec lequel tu sors.
- Beauté : le shampooing à l'huile
de vidange.
- Hit-parade *Top Nul* : les groupes
les plus moches de la planète, les musiques
les plus nulles.
- Dormir au cinéma : la liste des films.
- Tendances mode : les raquettes de trappeur.
- Couture destroy : fabrique-toi une robe
du soir dans un sac-poubelle.
- Courrier du cœur : j'aime un éléphant.

Ainsi, par le plus pur des hasards, je tenais entre mes mains tremblantes d'excitation le magazine préféré de la belle Ingrid ! Celui qui avait bouleversé sa triste vie de fille trop belle ! Ingrid m'avait dit qu'elle s'était abonnée depuis le numéro 1… Quel était le numéro de celui-ci ? Le 2 ! Ce n'était pas une passion qui durait depuis longtemps.

La fille de la couverture se prénommait Leontyne, c'était une Américaine de treize ans qui avait passé des tas de sélections pour devenir la vedette d'une série T.V. *King Size Special* patronnée par une marque de hamburgers nourrissants.

« Un Américain sur trois est *ultra king size* ! racontait l'article (signé Mickey Maousse). Alors, tu comprends, le casting a été dur à faire. Il n'y avait que l'embarras du choix. Les prétendantes étaient nombreuses et toutes plus enveloppées les unes que les autres ! Leontyne, treize ans et cent quatre kilos, a été sélectionnée. C'est une fille décomplexée, heureuse de vivre. Ses deux frères (quinze et seize ans) pèsent chacun cent dix kilos, sa mère cent quarante, son père deux cents ! Un jour, la famille réunie autour de la table a disparu à travers le plancher ! Il a fallu renforcer le sol de la cuisine de leur maison. »

Il y avait une série de photos où l'on voyait Leontyne faire du roller, se prélasser dans un canapé près d'une montagne de hamburgers, ou dansant dans une boîte techno. Et moi qui me plaignais de mes kilos en trop ! Il aurait fallu trois Roseline pour remplir le plus petit pantalon de Leontyne. Pourtant, elle avait l'air heureuse dans son corps. Ah ces Américains !

Les conseils pour enlaidir son boyfriend étaient signés Paula Bimée, esthéticienne dézinguée.

« Tu en as marre de te faire piquer tes boyfriends quand tu les sors en boîte ? Voici quelques conseils simples et pas chers.

1) Achète-lui une laisse avec un collier étrangleur, il ne s'éloignera pas de toi et tu auras un look d'enfer quand tu entreras dans la boîte.

2) Fabrique-lui de faux boutons avec la pointe de ton rouge à lèvres. Des gros avec un peu de blanc au bout (utilise du blanco) pour faire croire qu'ils sont mûrs et prêts à éclater. Les filles se méfient toujours des visages qui ressemblent à des pizzas.

3) Achète-lui une dentition de vampire.

4) Passe-lui un sweat XXXXXXL en ayant pris soin de nouer les manches à la façon des camisoles de force pour fous furieux. Ton boyfriend ne pourra plus bouger les bras. Donc incapable de serrer une autre fille pour danser un slow !

5) Pour plus de précautions, dis à tes copines piqueuses de boyfriends que tu vas au Diamond. Elles s'y précipiteront tandis que toi, tu iras au Bijou. S'il n'y a qu'une seule boîte dans ton bled,

fais une petite bouffe entre copines piqueuses de boyfriends et sers-leur des fruits de mer avariés. Elles auront tellement mal au ventre qu'elle ne pourront plus sortir et toi, tu seras tranquille avec ton boyfriend. »

Pendant un instant, flotta devant moi l'image de Gonzague couvert de boutons, affublé d'un collier étrangleur et d'un sweat aux manches cousues. Qui tenait la laisse ? Ingrid ?

Non, moi !

Chapitre 10
Débile ?

Assise sur une chaise, je lisais toujours *Top Nul*, « le magazine des filles qui en ont marre de la beauté ». Je regardai ma montre. Il me restait cinq minutes avant d'aller en cours de maths ! Je tombai sur les photos de mode signées Habib Izar.

Des ados rigolotes posaient dans la rue. Elles étaient chaussées de raquettes de trappeur.

TENDANCE MODE : DES RAQUETTES DE TRAPPEUR REMPLACENT LES BAS-KETS DE RAPPEUR !

«Tu en as assez des plateform shoes et leurs semelles surcompensées ? Jette-toi sur les chouettes raquettes Davy Crockett ! Tu tiendras mieux les jours de grand vent et tu seras la seule survivante en cas de tempête de neige. Choisis le modèle "raquette vissée avec la chaussure", les profs ne te demanderont plus de venir au tableau. Tu seras dispensée de football et de grimper de corde.

Les chouettes raquettes Davy Crockett sont à sept cents euros la paire. Moitié prix pour les unijambistes. »

« **J'aime un éléphant !** écrivait plus loin Anastasia, qui habitait La Palmyre.

C'est mon plus grand amour. Je me rends chaque jour au zoo en cachette de mes parents. Toutes mes économies passent en cacahuètes ! Il m'attend avec impatience et me sourit sous sa trompe. Je suis très amoureuse et je voudrais m'enfuir avec lui pour aller en Afrique. Mais j'ai peur de la réaction de mes parents et je n'ai plus d'argent pour prendre le bateau puisque j'ai tout dépensé en cacahuètes. Aidez-moi à sortir de cette situation ! Je ne sais plus quoi faire. »

La dernière page du magazine était consacrée à un concours.

« Tu veux devenir top model pour *Top Nul* ? Choisis ton photographe parmi tes amis et envoie-nous tes clichés les plus abominables dans les tenues les plus dingues ! Si tu gagnes, tu pars avec ton boy-ami à Miami dans un palace huit étoiles pour un séjour d'une semaine dans un parc d'attractions démentes. Alors n'hésite pas ! »

Hum ! Ce devait être le concours génial dont m'avait parlé Ingrid. C'était alléchant mais oserais-je me lancer dans une telle aventure ?

La sonnerie vibra. Je me levai et passai devant le bureau de Vanlanghermeersch.

– Alors ? m'interrogea la documentaliste. Qu'en penses-tu ?

– C'est marrant. On m'avait déjà parlé de ce magazine.

– Ah oui ? Ce n'est pas un peu vulgaire pour le collège ?

– Ça dépend du point de vue où l'on se place.

J'adorais ce genre de formule. Ça coupait le sifflet à la plupart des adultes quand ils me demandaient trop d'explications.

– Si tu veux, Roseline, tu peux garder ce magazine pendant quelques jours.

Vanlanghermeersch me sourit d'un air inno-
cent.

D'un seul coup, je compris sa manœuvre. Elle
se disait que je devais être heureuse d'avoir trouvé
un magazine avec des filles moches. Elle devait se
féliciter de son idée. Si ça se trouve, elle avait
acheté exprès *Top Nul* pour moi !

Je reposai le magazine sur son bureau :

– Inutile, vous pouvez le garder.

– Mais…

Je lui tournai le dos et me ruai vers la porte du
C.D.I. Vanlanghermeersh tenta bien de me rap-
peler mais je fis celle qui n'entendait pas.

Chapitre 11
Mots pas doux

La prof de maths à moitié sourde était dans une fureur indescriptible :

– Je viens de rendre un contrôle surprise aux sixièmes. Les trois quarts de la classe avaient moins de cinq sur vingt ! Vous vous rendez compte ?

– Pas possible ! s'exclamèrent les élèves de ma classe en ouvrant de grands yeux innocents.

En fait, tout le monde tremblait.

– Je me décarcasse pour que vous reteniez un minimum de mon enseignement et voilà comment vous me remerciez ! Même à deux ans de la retraite, ça fait mal.

– C'est sûr ! compatit la classe.

– Vous, au moins, vous n'êtes pas aussi niais.

– Oh non !

Chacun tremblait de plus en plus. Surtout Gonzague, à côté de moi, qui n'en menait pas large.

– Qu'est-ce que vous diriez d'un petit contrôle surprise ? demanda la prof avec un sourire cruel.

– On en a déjà eu un au dernier cours ! s'exclama Gonzague avec un ton de martyr.

– Erreur ! C'était une interrogation écrite prévue de longue date. Là, c'est un petit contrôle de rien du tout. Juste pour me remonter le moral. Tu ne veux pas me faire plaisir, Gonzague ? Je suis certaine que tu peux aller au-delà du zéro de la dernière fois. Cela m'étonnerait que tu descendes plus bas.

J'appréciais hautement la situation. Le beau parleur dragueur s'était dégonflé comme une baudruche. S'il se débrouillait bien, il pouvait avoir -10 !

Toute guillerette, la prof nous demanda de sortir des feuilles blanches. Elle inscrivit quelques lignes de hiéroglyphes au tableau et s'installa à

53

son bureau.

Gonzague me passa un petit papier : « Roseline sois sympa. Je ne veux pas me faire fusiller par mon père. »

J'écrivis sous sa phrase : « Désolée mon vieux. J'en ai marre de me faire insulter en gym. »

Je lui passai le papier qu'il ouvrit avec fébrilité. Il me le renvoya :

« Je jure sur la tête de ma famille et de mon poisson rouge que je ne t'embêterai plus. »

Ce à quoi je répondis :

« Je veux aussi que tu lâches Ingrid, ta bombe désamorcée aux lèvres pulpeuses. »

Quand il lut cette phrase, Gonzague tressaillit. Il me jeta un regard stupéfait entre ses mèches blondes. Il mit un temps fou à répondre car les neurones de son cerveau avaient du mal à se connecter. Enfin, le papier revint sur mon bureau :

« Je ne sais pas comment tu as fait pour nous espionner mais j'aime Ingrid comme un malade. T'as rien à voir là-dedans. »

« Tu n'as donc rien à voir avec mon futur et excellent devoir de maths », répondis-je du tac au tac.

– Gonzague et Roseline, vociféra la prof. Apportez-moi ce papier que vous vous échangez depuis trois heures.

Gonzague le déchira aussitôt en minuscules morceaux.

– Qu'est-ce que c'est ? hurla la prof en bondissant de son bureau. On ne veut pas que je lise ?

Elle fonça droit sur nous et se campa devant nos tables. La classe retint son souffle.

– Roseline ! jeta-t-elle. Ton attitude m'étonne. Comme Gonzague ne connaît aucun théorème et qu'il est à peine capable de faire une addition à un chiffre, je pense que tu es en train de lui refiler en douce les réponses ultra-faciles de mon contrôle surprise.

Honteuse, je baissai la tête.

– Ce n'était pas les réponses, dit Gonzague. Juste quelques mots comme ci comme ça.

– Pourquoi l'as-tu déchiré, alors ?

– Parce que c'était personnel.

Il y eut des ricanements dans la classe.

– Je ne veux pas jouer à l'experte en puzzle avec ces confettis que tu tiens toujours dans ta main.

Soyez francs. Vous échangiez des insultes à mon égard ou des mots doux entre vous ?

Gonzague n'avait guère le choix :

– Heu… des mots doux entre nous.

La prof me regarda méchamment :

– Alors, toi aussi Roseline ! Une fille comme toi ! Avec les notes que tu as !

Je devais être rouge brique.

Gonzague rejeta ses cheveux en arrière :

– C'est de ma faute, madame. Roseline n'y est pour rien.

– Elle répondait pourtant avec beaucoup de cœur à tes mots doux.

Nouveaux ricanements dans la classe.

– Bon ! Ça suffit comme ça ! lança la prof. Vous aurez zéro tous les deux !

Je jetai un regard meurtrier à Gonzague. Il me fit un sourire vacillant.

Quelle injustice !

Chapitre 12
Un p'tit bisou

Après le cours, Gonzague m'attendit dans le couloir. C'était la sortie de midi. Il fallait se rendre au self en moins de cinq minutes et manger en un quart d'heure maximum car il y avait un second service.

– Excuse-moi Roseline pour tout à l'heure, commença-t-il.

Les autres élèves nous contournaient en souriant. Je voyais bien qu'ils n'en croyaient pas leurs yeux. « La bonne grosse Roseline » vivait une histoire d'amour avec le plus beau garçon du collège !

– Laisse tomber, dis-je. Je n'ai jamais eu de zéro depuis ma petite section de maternelle. Il faut un début à tout.

Il me caressa le bras :

– On pourrait arrêter de se lancer des piques ? suggéra-t-il avec son sourire spécial craquant. Tu es une fille sympa.

– Ah bon ? C'est nouveau ?

– Tu es courageuse.

– Qu'est-ce que tu manigances, Gonzague ? Tu veux que je devienne amoureuse de toi et que je te laisse copier sur mes devoirs ?

– Ben non… mais si tu le prends comme ça, on se tirera dessus à la mitraillette avant la fin de l'année.

– Ça m'étonnerait. J'ai pas besoin de munitions. Les gars comme toi, je les écrase comme des bêtes nuisibles.

Je m'élançai dans le couloir. Il me suivit à grandes enjambées.

– On va faire la paix, Roseline. C'est quand même grâce à toi que j'ai rencontré Ingrid !

– Tu parles d'une rencontre ! Une baffe et te voilà amoureux. Elle te passerait un collier de chien et une laisse, tu continuerais à être heureux.

– Je me demande où tu trouves ces idées ? grommela-t-il.

En une seconde, les titres de *Top Nul* défilèrent devant mes yeux. Quelles blagues ! Qu'est-ce qu'il me restait à moi, la fille trop moche pour qu'on la regarde avec les yeux de l'amour ?

Je sentis une main se poser sur mon épaule et me forcer à ralentir. La tête de Gonzague se pencha vers la mienne. Il me fit le coup des yeux romantiques et m'embrassa sur la joue, juste au coin des lèvres.

– C'est le baiser de l'amitié, murmura-t-il.

Quelle gourde j'étais ! Je n'eus même pas la force de le repousser. Je sentis la douceur de ses cheveux longs. Et le contact de ses lèvres me fit plus plaisir qu'horreur.

Je ne marchai pas droit quand j'entrai dans le self.

Chapitre 13
Surnourrie

Le cuisinier servait des nouilles avec des escalopes de veau à la crème. Un jour, je lui avais demandé de ne pas me mettre de sauce. Depuis, il s'abstenait de prendre la louche et d'arroser mon assiette. Il me lançait toujours un regard affligé. J'avais l'impression de voir ses pensées s'inscrire en lettres lumineuses au milieu de son front :

« Ma pauvre Roseline. Quelle plaie de ne jamais profiter des merveilleuses sauces épaisses que je me donne du mal à confectionner. Quelle galère d'être en surpoids ! Si tu faisais vingt kilos de moins, tu entrerais dans le self en sautant comme une ballerine avant de te jeter sur le beurre, le pain et les plâtrées de délicieuses pommes de terre rissolées que je cuisine amoureusement. Quelle tristesse de ne pas profiter de toutes ces bonnes choses ! »

– Aujourd'hui, dis-je, j'aimerais de la crème sur ma viande.

Il me regarda avec des yeux ronds.

– Quoi ? TOI ? Mais tu m'avais dit…

– C'était l'année dernière. Aujourd'hui, j'ai envie de changer.

Il prit la louche et me mit un peu de crème.

– C'est tout ? m'étonnai-je.

– Il en faut pour les autres.

Je lui souris. À contre-cœur, il ajouta une nouvelle louchée. Derrière moi, Gonzague surveillait la scène sans rien dire.

Son plateau rattrapa le mien aux desserts.

– Viens par là, m'indiqua Gonzague.

Ingrid et Casimir étaient déjà assis à une table. Il y avait deux places libres à côté d'eux. Je suivis Gonzague. Je me demandai s'il s'agissait d'un piège. Mais je me sentais très forte avec mes nouilles et mon escalope qui baignaient dans la crème.

– Salut Roseline, dit Ingrid.

– Humpf, grommela Casimir.

Ingrid et Gonzague se regardèrent en soupirant d'amour. Je me jetai sur mon escalope. On pouvait dire que ces deux-là allaient vite en affaires. Ils se connaissaient depuis très peu de temps et les voilà qui déjeunaient presque en tête à tête au milieu de trois cents élèves.

À mes côtés, Casimir n'arrêtait pas de taper ses pieds sur le sol. C'était énervant. Il devait être hyper nerveux. C'était un garçon maigre et secret qui portait des lunettes. En tout cas, ce n'était pas un coureur comme un autre que je connaissais. Il avait du vocabulaire, lui. Il avait de bonnes notes, lui. Il ne se moquait pas des autres. Il avait l'air gentil. Il…

– Alors ? demanda Casimir.

– Alors quoi ? lança Ingrid en détachant à regret les yeux de son amour chevelu.

– C'est le moment de parler de ton idée.

Ingrid me regarda. Je restai avec ma fourchette en l'air. Qu'est-ce qu'ils tramaient tous les trois ? Je me disais aussi que c'était bizarre que

Gonzague m'invite avec eux.

– Écoutez ! dit Ingrid. Je suis nouvelle ici et le temps presse. J'ai déjà parlé de mon projet avec Roseline. Elle est d'accord. Mais il me faut d'autres participants. Des gens sur lesquels je peux compter. Alors, j'ai pensé à vous.

– Tu sais bien que tu peux compter sur moi, chuchota Gonzague de son ton charmeur qui faisait fondre toutes les filles normales de sept à quatre-vingts ans.

Ingrid le remercia d'un sourire et poursuivit :

– J'ai eu une super idée en lisant le dernier numéro de *Top Nul*. Il y a un jeu-concours ultra mode trash en dernière page. Je vous le montrerai tout à l'heure en salle d'étude.

Je m'abstins de lui dire que, dans le C.D.I., j'avais déjà tenu en main son magazine génial.

– Gonzague fait partie du club photo du collège, poursuivit Ingrid.

– Depuis trois semaines, précisa Gonzague.

– Aucune importance, le coupa Ingrid. Pour ce concours, on n'a pas besoin d'être un expert.

– Il faut quand même savoir faire des photos valables. C'est pour cela que je veux que Casimir m'aide.

Ingrid leva les yeux au ciel d'un air exaspéré.

– D'accord. Casimir t'aidera.

– Ça fait trois ans que je fais des photos ! dit Casimir. Je ne suis pas un minable.

– On verra, on verra, répondit Ingrid en le regardant comme s'il était une bouse de vache.

Il était temps que je prenne la parole :

– Je crois que tu vas un peu vite en besogne, Ingrid. Je n'ai jamais dit que j'étais partante pour ton concours. Qu'est-ce que tu veux exactement ?

– Je veux gagner le concours de *Top Nul* et remporter le prix Boy-Ami à Miami.

– Avec Gonzague ?

– Bien sûr !

– Mais tu es trop canon pour ton magazine de mochetés !

– Erreur, Roseline ! Il est plus facile pour une fille potable d'avoir un look moche que pour une fille moche d'avoir un look potable.

– Je suis d'accord avec toi, commentai-je en grinçant des dents.

– Casimir sera donc le conseiller technique de Gonzague.

– Et moi ? Qu'est-ce que je viens faire dans tout ça ?

– Mais Roseline, tu n'as pas compris ? Tu seras ma maquilleuse !

Chapitre 14
Ravageuse

Maquilleuse d'Ingrid ! C'était la meilleure de la journée.

– Je ne sais pas si tu es au courant, dis-je. Mais les produits de maquillage et moi ça fait deux. Chez moi, il n'y a que de la crème Nivéa et une lotion pour les boutons.

– Aucune importance ! déclara Ingrid. C'est justement ce qui me plaît ! J'en ai marre de la beauté !

– Si tu te mettais la tête dans une bassine d'acide, ça résoudrait tes problèmes. Tu pourrais aussi te faire couper une jambe.

– Ce que tu es bête, Roseline, quand tu t'y mets ! Je ne veux pas une maquilleuse experte, je veux une maquilleuse nulle.

– Merci pour moi.

– Enfin… Je veux dire une maquilleuse qui ne connaît rien à rien. Ma mère a une montagne de produits et toutes les couleurs de rouge à lèvres possibles et imaginables. J'apporterai le stock aux anciennes forges. On fera le tri.

– Les anciennes forges ?

– C'est Casimir qui a eu l'idée, précisa Gonzague. Il faut que le décor soit hyper décadent pour *Top Nul*.

– Pour être décadent, c'est gagné. Ce ne sont que des ruines et des amas de fers rouillés.

– On va faire un carton, là-bas !

Casimir était enthousiasmé.

– Tu es d'accord ? me demanda Ingrid.

L'escalope et les nouilles ne m'attiraient plus du tout. J'étais trop soufflée par l'idée pour refuser immédiatement. Il fallait que je réfléchisse.

– Tu te décides, Roseline ?

Quel joli minois ! Avec ses grands yeux bleus, sa bouche adorable et sa coupe de cheveux furieusement moderne, elle était certainement la plus belle des filles du collège. Je me vis en train de la tartiner de crème verte. Je pourrais lui faire un coquard marron sous l'œil. Lui beurrer les lèvres avec de l'encre. Et lui fabriquer de faux boutons en suivant les conseils de Paula Bimée de *Top Nul* !

– Je veux bien, dis-je enfin. Tu peux compter sur moi pour te ravager.

Les trois autres se félicitèrent du regard :

– Vous voyez ? s'exclama Ingrid. On a bien fait de demander à Roseline. Aucune autre fille n'aurait accepté. Elles sont trop jalouses de moi.

Ingrid me sourit avec bonté :

– Amies ?

– Amies, grommelai-je.

En ramenant mon plateau-repas, l'esprit encore tout chaviré par la perspective d'enlaidir Ingrid pour son projet complètement fou, je fus abordée par Royer, le prof de sciences. C'était un homme sec avec des poils qui lui sortaient du nez et des oreilles. Il regarda mon assiette. Et l'épouvante totale se peignit sur son visage.

– Qu'est-ce que je vois ? De la crème en surplus ? Tu crois que tu avais besoin de ça, Roseline ?

Je commençais à en avoir assez des leçons de morale.

– Vous voyez bien que je n'ai pas tout mangé.

– Tu devrais faire attention. À ton âge, tu dois

être consciente de ce que tu manges !

– C'était des nouilles et une escalope. Vous voyez, je suis consciente.

– Je te parle de la conscience du sucre et du gras que tu avales !

Ma tête commençait à bourdonner sérieusement. Quel vieux schnock ! Royer pensait-il que je passais mon temps à me gaver de friandises et de kilos de rillettes ?

Je déposai avec bruit mon plateau sur la grille. Derrière moi, Royer renifla :

– Nous en parlerons justement cet après-midi en cours.

Cela ne présageait rien de bon…

– Qui est vraiment TROP gros ? beuglait Royer en arpentant l'estrade.

Je me tassai sur ma chaise. Ma nuque brûlait sous les regards convergents de la classe. Quelqu'un ricana et j'entendis murmurer mon prénom. Gonzague, à côté de moi, se retourna d'un air outragé. Incroyable ! L'Apollon du collège prenait ma défense ! Ça sert d'avoir des projets ensemble.

– Pour savoir si on a des kilos en trop, c'est très simple ! poursuivit Royer. Il suffit de connaître son IMC !

Il écrivit les trois lettres sur le tableau. Je me demandais bien ce que ces trois lettres allaient signifier pour moi. Certainement quelque chose de désagréable.

– IMC veut dire indice de masse corporelle. Pour calculer son IMC, on divise son poids en kilos par le carré de sa taille en mètre.

Gonzague soupira à fendre l'âme. Déjà, il ne comprenait plus. Royer écrivit la formule au tableau.

– Chacun calcule son IMC. Au boulot !

Comme ce n'était pas une interro ni un contrôle, ceux qui n'avaient rien compris demandèrent des explications à leurs voisins. Je volai donc à l'aide de Gonzague :

– Multiplie par lui-même ton un mètre quelque chose. C'est ça le carré. Après tu t'en sers pour faire la division de ton poids en kilos.

Il hocha la tête et commença ses opérations d'un air studieux. Il était vraiment attendrissant avec sa petite langue rose qui pointait entre ses lèvres.

Je calculai moi aussi mon IMC mais, prudente, je le fis en tout petit dans le coin de ma feuille. Je pesais soixante-seize kilos pour un mètre soixante, soit 76 : (1,60 x 1,60) = 29,6. Mon IMC était donc de 29,6. Cela ne me plaisait pas beaucoup…

Royer écrivit sur le tableau :

IMC normal entre 20 et 25

IMC surpoids entre 25 et 30

IMC obésité entre 30 et 40

IMC obésité massive à partir de 40

Je poussai un énorme soupir de soulagement. Avec mes 29,6 d'indice de masse corporelle, je restais dans la catégorie du surpoids. OUF !

– Et quand on fait 50 ? demanda un élève. C'est quoi ?

– C'est Roseline, répondit quelqu'un.

Je bondis de ma chaise :

– Je ne fais même pas 30, espèce de crétin !

Le fautif s'aplatit sur sa table. Un grand silence tomba sur nous. Royer s'éclaircit la gorge :

– Oui… Hum… ces explications n'avaient pas pour but de mettre en cause certains d'entre vous. Votre corps est en plein changement. Mais c'est votre corps adulte qui se prépare ! Certains d'entre vous sont peut-être même au-dessous des 20, comme ces mannequins qui mesurent un mètre quatre-vingts et qui pèsent cinquante kilos. L'IMC 20-25 est le poids souhaitable pour vivre le plus longtemps. Ce que je veux vous dire à vous, les jeunes, c'est de faire attention à ce que vous mangez ! Sinon couic.

– Couic ? interrogea la classe.

– Oui, couic ! Et recouic ! Crise cardiaque ! Diabète ! Artères bouchées ! À cinquante ans, ça fait mal ! Vous devriez vous mettre ça dans la caboche, bande de malappris toujours rendus dans vos fast-food amerloques !

– Oui, papy Royer, chuchota Gonzague en me faisant un clin d'œil.

– Régulez nourriture et dépense d'énergie !

– Oui, papy Royer.

– Travaillez physiquement ! Ne mangez pas de cochonneries ! Faites du sport ! Du jogging…

– Du saut en hauteur, ajouta une voix dans le fond.

Rire général.

C'est sûr, j'allais en claquer un avant la fin du cours.

Chapitre 16
Rendez-vous

Le rendez-vous était fixé au lendemain. Les anciennes forges se trouvaient à la limite de la ville. Elle n'étaient, bien sûr, desservies par aucune ligne de bus. Il fallait s'y rendre à vélo, c'était le meilleur moyen.

Ce matin-là, je sortis ma vieille bicyclette de la cave. L'engin était couvert de poussière. On aurait dit que je venais de le découvrir dans une tombe égyptienne. Je passai un rapide coup de chiffon sur la selle pour ne pas salir mon fond de culotte, fixai un sac de plastique sur le porte-bagages et partis en zigzaguant dans la rue.

Tout en pédalant, je pensais que cela faisait plusieurs années que je n'étais pas montée sur une selle. Quel martyr ! Je n'avais pas fait trois cents mètres que, rouge écrevisse, je haletais déjà. Ce n'était plus un vélo, c'était une locomotive chauffée à blanc.

Je fus bien contente quand un feu m'obligea à m'arrêter. En posant le pied par terre, je faillis m'écrouler sur la voiture à côté. Il y avait mon fast-food préféré en face du carrefour. Son enseigne me faisait de l'œil.

– Viens par ici, Roseline ! Tu ne vas pas le regretter. On lance un nouveau concept de glaces, goût 100 % synthétique avec de la crème au beurre de cacahuètes, un gel caramel en tube et des miettes de fausses noisettes. Viens Roseline !

Mon ventre cria famine : un MacMaousse ! Un BurgerTop ! Un LargestQuick ! Avec des friiiiiiiites !

Ma gorge appelait à l'aide : un Coca ! un Sprite ! Un Seven Up ! Un Orangina ! N'importe quoi ! Même de l'eau…

Le feu passa au vert. Une voiture impatiente klaxonna derrière moi. Il fallait se montrer courageuse. Le discours du vieux Royer n'avait pas été vain. Adieu hamburgers mous et juteux ! Adieu glaces américaines ! Adieu frites chéries ! Il fallait pédaler vers un nouvel horizon. Une nouvelle Roseline était née depuis son attaque de Gonzague. Il fallait continuer la lutte contre la faiblesse. Oui ! La nouvelle Roseline devait se montrer pleine de détermination !

Je dépassai la devanture maudite et je tirai la langue à l'enseigne.

Chapitre 17
Les forges

Je crus que je n'y arriverais jamais ! Je devais avoir l'aspect d'une pastèque éclatée quand se profilèrent enfin les silhouettes sinistres des anciennes forges abandonnées.

Les autres m'attendaient en regardant leur montre. Gonzague montait son scooter rouge. Ses parents le lui avait offert, non pas pour ses résultats scolaires, mais pour son dernier Noël. Ingrid, moulée dans un ensemble panthère était assise derrière lui. Casimir se tenait en retrait derrière, chevauchant un V.T.T. violet suréquipé. Il portait un véritable barda en bandoulière.

– Qu'est-ce que tu fichais, Roseline ? lança

Gonzague. On prenait racine.

– Ça fait trois siècles qu'on est là ! ajouta Casimir.

– J'ai fait ce que j'ai pu, haletai-je. Je n'ai pas de scooter ni de V.T.T. de course, moi.

– On le voit bien. Tu l'as trouvé où ton vélo ?

– Chez moi, il m'attendait sagement dans la cave.

– Il doit dater de 1900, dit Casimir. Il n'a même pas de dérailleur. C'est ton arrière-grand-mère qui te l'a donné ?

Gonzague ne voulut pas être en reste :

– Mais non, Roseline l'a trouvé dans une poubelle !

– Sympa comme accueil. Je crois que je vais faire demi-tour.

– Attends ! lança Casimir en me barrant la route. C'était juste les blagues habituelles.

Il me sourit gentiment. Je me laisse toujours attendrir quand on me regarde comme ça.

– Bon ! jeta Ingrid en sautant lestement du scooter. On ne va pas se charrier sur nos vélos jusqu'à la nuit. On n'a pas que ça à faire. J'ai apporté les produits et la perruque, ils sont dans

78

les sacoches.

Elle ouvrit l'une des coques en plastique collées contre les flancs du scooter et en sortit plusieurs sacs de supermarché. Je laissai tomber mon indigne vélo tandis que Casimir disposait le sien sur sa béquille. Après tout, j'avais accepté de faire partie de leur groupe. Il fallait que je me montre conciliante. C'était, en fait, la première fois que je participais à un projet pareil. C'était même la première fois que j'intégrais un groupe hors du collège !

– Tu as apporté une perruque ? demandai-je à Ingrid.

– Un truc d'enfer ! Tu verras.

Gonzague et Casimir parlaient entre eux à voix basse.

– Nous allons faire les repérages, lança Gonzague. Prépare-toi pendant ce temps-là, Ingrid.

Elle hocha la tête et lui sourit. Ils se firent des tas de petits bisous idiots. Je préférai regarder ailleurs. Casimir, chargé de ses appareils, s'éloigna vers les ruines.

– Allez-y, les amoureux, chantonnai-je. Ne vous

gênez pas pour moi.

Gonzague se détacha à regret d'Ingrid :

– Tu es dure avec nous, Roseline. On peut quand même s'embrasser.

– Vous ferez ça quand vous serez seuls. Ce n'est pas la peine de se donner en spectacle. Moi, je suis venue pour réaliser un maquillage trash. Tu veux gagner ton concours, Ingrid ? Alors, ne perds pas de temps.

Ingrid repoussa Gonzague :

– Roseline a raison. Tu nous fais perdre du temps. Va donc rejoindre Casimir, Gonz.

Gonz ! Pincez-moi, je rêve ! Ingrid aurait pu choisir un sobriquet plus mimi ! Gonz ! C'était trop drôle. Je me retins de rire. Ils n'avaient vraiment pas honte.

Gonzague s'éloigna à pas lourds. Je ne pus m'empêcher de lui crier.

– Et fais attention où tu mets les pieds ! Un beau grand Gonz comme toi ne doit pas s'abîmer !

Il me montra le poing tandis qu'Ingrid éclatait de rire.

Chapitre 18
Préparation houleuse

Je déballai ce que j'avais apporté sur mon porte-bagages.

– Qu'est-ce que c'est que ça ? demanda Ingrid qui commençait déjà à se faire les cils à grands coups de pinceau.

– Surprise !

Toute fière, je dépliai mon œuvre. Ingrid faillit tomber raide morte.

– Mais c'est un sac-poubelle !

– Erreur ma belle ! C'est une robe du soir !

– QUOI ?

– Regarde comme j'ai bien travaillé. J'ai suivi exactement le patron couture de *Top Nul* ! Il m'a fallu quatre sacs pour faire cette robe.

– Mais c'est dingue ! Je ne vais pas porter cette horreur ! En plus tu as pris des sacs-poubelle qui ont déjà servi.

– Nouvelle erreur, ma belle. Ces sacs sont neufs mais pour agrémenter la robe mode trash, j'ai collé des bouts de papier un peu partout. Là, c'est un emballage de beurre demi-sel. Ici c'est le dessus de la boîte de mes céréales préférées. Là, le plastique d'une pizza surgelée…

– Mais là ? Les machins orange ? On dirait des carottes râpées !

– J'ai eu un mal fou à les coller ! Derrière, il y a des épluchures de poireau. Et en décoration, sur l'épaule, pour faire comme une broche, j'ai mis une tartine de pain rassis. Génial, non ?

– Je ne vais certainement pas mettre cette décharge publique sur moi !

– Tu veux gagner le concours *Top Nul* ou non ? J'ai passé la nuit entière à bricoler cette tenue spéciale. Si tu savais comme je déteste les travaux manuels ! Tu devrais m'être reconnaissante du mal que je me suis donné.

– Tu ne m'en as pas parlé avant ! J'avais mon idée !

– C'est quoi, ton idée ?

– Tu l'as sous les yeux.

– Quoi ? Cette combinaison panthère ? C'est beaucoup trop classe.

– Au contraire ! C'est complètement out of mode ! Ma mère portait ça quand elle avait vingt ans. Et encore, on la traitait déjà de ringarde.

– Je ne peux pas y croire. On dirait que tu veux faire des photos pour magazines normaux, pas pour *Top Nul*.

– Je ne te demande pas ton avis. C'est moi le modèle ! Et je préfère ma panthère à tes carottes râpées moisies.

– Tu m'as demandé de venir ici pour t'aider !

– Je voulais que tu sois ma maquilleuse ! Pas mon habilleuse !

Chapitre 19
Top maquillage

Ça commençait bien. Nous étions en train de nous fusiller du regard mais aucune ne tombait par terre. À moins de me jeter sur Ingrid et de la ceinturer pour lui passer de force ma merveilleuse œuvre, je n'avais plus qu'à céder.

Je ravalai ma déception. Cette robe m'avait demandé du travail. Mais je l'avais fait avec plaisir car j'étais alors certaine qu'Ingrid y verrait la preuve de mon amitié. En riant toute seule, j'avais donc copié fidèlement le modèle de la revue. Dans mon esprit d'alors, les seules réactions possibles d'Ingrid étaient les sauts de joie et les hurlements de rire.

Au lieu de cela, elle mettait tout par terre en quelques phrases assassines.

Je repliai donc la robe-poubelle et la coinçai sur mon porte-bagages. J'étais horriblement déçue mais je fis en sorte qu'elle ne s'en rende pas trop compte.

Ingrid eut un rire forcé :

– Ne fais pas la tête, Roseline ! J'estime que je connais plus MON magazine que toi. Et je peux te parier que des centaines de filles vont utiliser cette idée *Top Nul* pour le concours ! Elles n'ont aucune imagination. Les juges vont en avoir marre des modèles en sacs-poubelle. Roseline, il ne faut pas faire comme les autres pour être certaine de gagner.

Peut-être avait-elle raison. Ma colère descendit d'un cran. C'est vrai, les autres lectrices de *Top Nul* allaient se jeter sur cette idée. Ingrid était rusée. Pendant un instant, j'avais pensé reprendre mon vélo et repartir illico chez moi. J'avais vraiment un mauvais caractère ! La nouvelle Roseline devait apprendre à écouter les autres et à les accepter.

– D'accord, Ingrid. J'aurais dû t'en parler. Passe-moi tes crayons.

– Prends le noir pour les cils.

– Je préférerais ce machin bleu pétrole.

Ingrid soupira :

– Tu n'y connais rien. Ça ne va pas avec la couleur de mes yeux.

Je la regardai fixement. Des milliers de questions se bousculaient dans ma tête. Qu'est-ce que j'allais lui faire ? J'avais deux solutions : lui flanquer une baffe ou lui planter le crayon dans l'œil.

Ingrid dut sentir le danger :

– Bien, Roseline. C'est toi qui choisis.

Je pris donc le bleu pétrole et l'utilisai joyeusement. Un rouge à lèvres marron foncé débordant jusqu'aux oreilles, de grandes barres noires estompées sur les joues, des petits boutons rouges par-ci, par-là et un splendide coquard sous l'œil droit. Je reculai, très satisfaite de mon œuvre.

Ingrid resta le visage tendu, yeux fermés.

– Apporte-moi la glace, Roseline.

– Y' a pas de glace.

– J'en ai apporté une, là dans le sac Super U.

– Il vaut mieux ne pas la prendre. Tu dois me faire confiance, comme moi je t'ai fait confiance pour la robe.

– Ce que tu peux être pénible quand tu t'y mets !

Ingrid se pencha et se regarda quand même dans le rétroviseur du scooter.

– C'EST QUI ? hurla-t-elle en faisant un bond en arrière.

– Mais c'est toi !

– On dirait une tête de mort-vivant ! Je suis ignoble !

– C'est le but recherché.

– Ça ne va pas du tout avec mon ensemble panthère !

– Tu n'as qu'à mettre ma robe-poubelle.

– Mais tu es complètement folle ! Pourquoi tu m'as fait un coquard ?

– Pour faire joli.

– Et les boutons ? Je ressemble à un clafoutis aux cerises !

– Je suis ta maquilleuse, oui ou non ?

– Et regarde-moi cette bouche de folle ! C'est pire que la gueule d'un tunnel !

– Je vais te faire une dent noire.

– NON !

Ingrid se précipita sur son sac et en sortit une

perruque punk rouge et bleu. Elle l'enfila et se rua de nouveau sur le rétroviseur.

– Ça ne va pas du tout, déclara-t-elle d'une voix froide.

Moi, je commençais à bouillir sérieusement. Adieu mes belles décisions ! Quand votre amie rejette ainsi votre travail, il faut plier ou combattre. Moi, j'en avais assez de plier.

– Enlève cette maudite perruque. Il y a déjà plein de gens qui portent naturellement ce genre de coiffure. Aucune originalité. Si tu restes avec tes cheveux oxygénés, ça fera plus *Top Nul*.

Ingrid s'empara d'une poignée de Kleenex et commença à se frotter le visage :

– Qu'est-ce que tu fais ? hurlai-je.

– J'enlève ce qui est en trop. Et MOI, je pense que c'est TON maquillage.

Chapitre 20
Démaquillage

À ce moment-là, les garçons revinrent de leurs repérages.

– Nous avons trouvé un super endroit, dit Gonzague tout excité. Il y a une espèce de tour crevée avec un pan incliné. Derrière, des rouleaux de barbelés rouillés entourent des broussailles pleines de détritus. Le cadre idéal ! Ben… Qu'est-ce que tu fais, Ingrid !

– Ça ne se voit pas ? Je me DÉMAQUILLE !

– Ta chérie ne se trouve pas assez belle, grinçai-je.

– Je ne t'avais pas demandé de me défigurer !

– Je croyais que tu en avais marre de la beauté ?

– Un sac-poubelle plein d'ordures, et là-dessus

un ravage programmé pour film d'horreur ! Tu ne comprends rien ! Je n'en ai pas marre de la beauté.

– C'est bien ce que je comprends.

– C'est de toi que j'en ai marre Roseline ! De TOI ! Tu comprends ? Marre ! Je me fatigue à me montrer gentille avec toi. Je décide les garçons à t'inclure dans notre groupe. Je ferme les yeux sur ton mauvais caractère. ET VOILÀ COMMENT TU ME REMERCIES ?

Les larmes me montèrent aux yeux. Casimir et Gonzague firent prudemment un pas en arrière. Ingrid était folle de rage. Elle lançait ses Kleenex à droite et à gauche. Elle s'empara de ses crayons et de ses poudres.

– Je vais le faire moi-même, ce maquillage. Ça vaut mieux !

– Alors comme ça, c'était une bonne action de ta part de me faire venir ici ?

– C'est ça, c'est ça, répondit Ingrid les yeux braqués sur le rétroviseur.

– Maquilleuse top nulle !

– Appelle ça comme tu veux, Roseline. Tu es pire qu'une terroriste. Tu n'as aucune reconnaissance pour moi qui ne voulais que t'aider.

— Merci bien ! M'aider en flanquant une gifle à ton cher Gonzague pour lui tomber dans les bras illico presto.

— Ce sont mes affaires ! Pas les tiennes ! Toi, tu ferais mieux de t'occuper de toi et des autres, surtout des garçons ! Ça te rendra un peu plus gentille.

Je suis certaine qu'Ingrid ne pensait pas me faire mal à ce point-là.

— Je suis gentille !

— C'est toi qui le dis.

— Écoutez les filles… commença Gonzague.

— Toi ! Tais-toi ! hurla Ingrid.

Je serrai les poings.

— On peut dire que tu montres ton vrai visage, Ingrid.

— Il est quand même plus beau que le tien ! répondit-elle en s'étalant des pommettes rose vif.

— Oui, mais moi je ne crie pas partout que je défends les opprimés.

— Je défends les opprimés gentils ! Pas les hargneux !

— Je ne suis pas hargneuse !

– Alors, pourquoi tu m'as sabotée de cette façon ? J'appelle ça un sabotage ! Une guerre totale contre moi. Tu ne veux pas que je gagne le concours *Top Nul* !

– J'en ai rien à faire de ton concours idiot ! Tout ce que je vois, c'est que mademoiselle a organisé son petit plan pour se mettre en avant. Tu attends peut-être que nous nous prosternions devant toi ?

– Je n'avais pas besoin de toi. J'ai fait ça pour t'aider. Pour te sortir de la mare de boue dans laquelle tu te complais.

– Une mare de boue ? C'est la meilleure ! Et ça, qu'est-ce que c'est ? vociférai-je en la désignant, elle, le scooter et ses produits de maquillage. Ce n'est pas une mare de boue ? Tu me dégoûtes ! Tu te sers des autres pour te faire valoir !

– Tu es vraiment vache.

– C'est ça ! Je suis vache.

– Je dirais même plus. Tu es une grosse vache.

La fuite ou l'attaque ? Trop tard. J'avais réagi impulsivement. Je me jetai sur elle et la renversai par terre avec le scooter. Mon poids me donnait l'avantage. C'était sans doute mon seul atout face à elle.

– Mon scooter ! Mon scooter ! cria Gonzague.

Casimir me tira en arrière.

– Calme-toi, Roseline.

C'est à ce moment que je me suis mise à pleurer.

Chapitre 21
Séparation

– Il a une bosse sur le garde-boue ! Qu'est-ce que je vais dire à mon père ? se lamentait Gonzague.

La perruque de travers, les yeux furibonds, Ingrid se remit debout.

– Tu me le paieras, Roseline ! Viens. On la laisse.

– Hum… fit Gonzague en hésitant.

– Alors, tu viens ? jeta Ingrid.

– Et si Roseline se venge sur mon scooter pendant que je ne suis pas là ? Elle va me le démolir à coups de pierres.

Casimir me passa un mouchoir. Je relevai le nez :

– Pour qui tu me prends ? Vous faites vraiment un beau couple tous les deux.

– Tu ne touches pas mon scooter. Hein ?

Quel traître ! Quel lâche ! J'avais envie de lui tirer les cheveux et de lui enfoncer dans la gorge son maudit scooter en pièces détachées. Mais il fallait aussi que je me calme. Je tremblais de tous mes membres. Ingrid entrait déjà dans les ruines.

– Va rejoindre ta beauté, Gonzague. Laisse-moi dans ma mare de boue.

Gonzague me sourit timidement. Je ne l'avais jamais vu aussi gêné.

– Tu viens ? dit-il à Casimir qui se tenait toujours à côté de moi.

Casimir ne bougea pas.

– Viens donc, insista Gonzague. C'est toi qui as le matériel.

Casimir ouvrit une sacoche et lui tendit un appareil photo :

– Tu te débrouilleras bien sans moi.

– Mais tu es fou ! Je viens seulement d'entrer dans le club photo.

– Je t'aiderai pour le tirage de la pellicule. Ingrid t'attend. C'est toi qui l'intéresses, pas moi, répondit Casimir.

– Mais je vais tout rater ! pleurnicha Gonzague. Ingrid va me tailler en pièces.

– Je reste avec Roseline.

Gonzague nous tourna le dos et courut rejoindre Ingrid. Ils se mirent à discuter en faisant de grands gestes. Ingrid haussa les épaules, prit la main de Gonzague et entra dans les anciennes forges.

J'osai enfin regarder Casimir dans les yeux :

– Je ne suis pas comme eux, me dit-il.

– Je sais, Casimir.

Brusquement, mes digues intérieures lâchèrent complètement. Je sanglotai de plus belle en déversant des torrents de larmes.

Casimir passa un bras autour de mes épaules. Enfin un soutien !

J'appuyai mon visage contre lui pour pleurer sans retenue.

– Tu veux rentrer avec moi ? me demanda Casimir quand je fus calmée.

Je hochai la tête. Sans un mot, nous nous écartâmes l'un de l'autre. Il se dirigea vers son V.T.T. suréquipé et moi vers l'épave qui me servait de vélo.

Je le redressai lentement. Ma robe du soir sac-poubelle était mal coincée sur le porte-bagages. Elle tomba en tas sur le sol. Je restai un moment à la contempler.

– Alors ? demanda Casimir en roulant jusqu'à moi. On y va ? On n'aurait jamais dû venir ici, Roseline.

Il regarda le sac.

– Qu'est-ce que c'est ?

– C'est une robe style *Top Nul* que j'avais faite exprès pour elle. Bien sûr, elle n'en a pas voulu. Comme tout ce que j'ai proposé d'ailleurs.

– Tu as fait une robe dans des sacs-poubelle ?

– Regarde, dis-je en la dépliant. J'ai collé des détritus partout. J'ai eu un mal fou avec les carottes râpées.

Casimir sourit :

– Je me demande ce que tu as dans la tête, Roseline. Ingrid n'est pas de ce genre-là.

– Elle est de quel genre, à ton avis ?

– Je ne sais pas, moi… Je ne m'y connais pas beaucoup en filles… Je veux dire qu'elles changent souvent d'avis…

Il rougit et regarda ses pieds.

– J'ai passé des heures à fabriquer ce machin. Je croyais qu'elle allait danser de joie, m'embrasser et me dire que j'étais vraiment une super copine. Et voilà… Tout est par terre.

– Ce n'est pas de ta faute, Roseline.

Casimir était adorable avec ses lunettes de travers.

– Toi, tu es gentil. Tu ne m'as pas abandonnée comme les autres. Je m'en souviendrai toute ma vie.

Casimir toussa. Il devint encore plus rouge.

– Ce que tu as dit est la vérité, murmura-t-il enfin. Je suis heureux d'être resté avec toi. Ça les fera réfléchir.

Il laissa tomber son vélo et me prit dans ses bras.

– Roseline, souffla-t-il. Est-ce que tu veux bien de moi ? Je n'ai jamais osé avec une fille. Moi, aussi je t'ai toujours trouvée gentille. Tu ne te laisses pas monter sur les pieds. Tu veux bien de moi ? Je voulais te le demander depuis longtemps mais… mais…

– Oui, oui, oui… dis-je, complètement estomaquée.

Il m'embrassa.

Chapitre 23
En scène !

– Finalement, dis-je au bout de quelques minutes, je ne veux pas m'enfuir comme ça.

– On ne s'enfuit pas.

– Si ! On s'enfuit comme des voleurs. On leur laisse la place.

– Qu'est-ce que tu veux faire ?

– Tu ne le devines pas ?

Je pris la robe du soir *Top Nul*.

– Tu ne veux quand même pas faire ça ? souffla Casimir en comprenant mon geste.

Je lui souris. Il me sourit. Nous nous sourîmes. Je me sentais étrangement calme.

– C'est la seule solution pour lui fermer son

clapet, dis-je. Je vais mettre cette robe et tu vas me prendre en photo.

– Tu es certaine que c'est la solution ?

– Si tu m'aides, oui. Si tu ne veux pas, je n'insiste pas.

Casimir avait les joues enflammées. Ses yeux brillaient. Il se décida rapidement :

– D'accord, Roseline ! D'accord et super d'accord ! On va faire un carton génial !

– Viens par là. On va se trouver un petit coin bien moche.

– Et les produits de maquillage ? Tu n'en mets pas ?

– Je n'en ai pas besoin. Plutôt mourir qu'utiliser l'attirail d'Ingrid. Je ne veux rien lui devoir.

Casimir éclata de rire et me suivit.

Nous entrâmes dans les ruines des anciennes forges. Le ciel se découpait à travers les poutrelles tordues et les murs béants. Des tonnes de gravats jonchaient le sol. Ce n'était pas une tour à moitié démolie qui dominait l'ensemble mais une cheminée ! Encore une chose que Gonzague était incapable de deviner avec ses lacunes.

Il était justement là-bas, au loin, en train de mitrailler Ingrid qui prenait des poses, les jambes en X. Quel couple !

Casimir me saisit la main pour m'aider à passer un muret écroulé. Il riait, très excité du tour que nous allions jouer à Ingrid et Gonzague.

La promenade dans les ruines, à la recherche du coin le plus sinistre, fut aussi délicieuse qu'une promenade au clair de lune, sur une plage en été. C'était la première fois qu'un garçon me témoignait une telle attention. Casimir !

Cette balade me mit du baume au cœur. La main de Casimir ne quittait mon épaule que pour se nicher dans la mienne. Sa joue se frottait contre ma joue. Il chuchotait à mon oreille. Nous étions les plus tendres complices du monde. Et moi, je me sentais toujours aussi calme et sereine.

Casimir m'arrêta soudain. Je redescendis de mon nuage.

– Ici ! dit-il. C'est parfait ! Avec la lumière, la découpe du mur et cette grande mare de fioul. Parfait ! Ça fera un fond noir et brillant.

Je jetai un coup d'œil inquiet vers la flaque

d'un noir profond.

– Passe ta robe. Je me sens une âme d'artiste. Mes doigts frétillent d'impatience.

Comme il parlait bien !

Chapitre 24
Clic ! Clac !

La robe du soir spéciale *Top Nul* bruissait autour de moi. Je m'assis sur un rebord de béton en serrant les fesses entre deux tessons de bouteilles cassées.

– Génial ! lança Casimir, l'œil collé à son appareil. Ta robe fait un sacré effet.

– Et moi ?

– Pense très fort à Ingrid et à Gonzague.

– Voilà.

– Hum.

– Tu veux que j'aie l'air encore plus méchante ?

– Oui. Fais-moi une belle grimace. Quelque chose de bien immonde, dans le genre vampire qui vient de sucer des litres de sang.

Je me tordis la bouche.

– Encore ! dit Casimir. Génial ! On dirait que tu viens de tuer toute ta famille.

Première photo. Casimir trépignait sur place. Moi, je craignais la paralysie faciale. Je tordis la bouche de l'autre côté pour équilibrer la fatigue.

– Essaie de fermer un peu la paupière droite. Pas l'autre. Il faut jouer sur l'asymétrie. C'est anti-naturel.

Casimir était vraiment doué. J'en étais toute retournée. Je ne l'avais jamais vu aussi excité. Et, sans doute, ne m'avait-il jamais vue dans un tel état.

– Attends ! J'ai un splendide portrait avec la tartine moisie sur l'épaule.

Je lui tirai la langue. Casimir était ravi :

– C'est incroyable, lança-t-il. Avec cette lumière, ta langue verdit. Tu es une sorte d'extra-terrestre.

– Je SUIS une extraterrestre. Mon immatriculation c'est IMC 29 6.

– Heureusement que je t'ai connue avant. Parce que si je te voyais maintenant pour la première fois, je prendrais mes jambes à mon cou !

Il baissa son appareil photo et me donna un tout petit baiser.

– Mais je te connais, Roseline.

Ma robe-poubelle du soir se déchira sur les tessons de bouteilles.

– Hé ! Attention Casimir !

Il se redressa. Je tentai de me relever mais, déséquilibrée par le muret, je battis l'air avec les bras et passai par-dessus bord.

Pour tomber dans la mare dégoûtante !

Ce fut un grand splach bien épais dans les flots de fioul. Je roulai sur moi-même, complètement paniquée. Heureusement, la flaque ne faisait même pas dix centimètres de profondeur. Je ne risquais donc pas de me noyer.

Les cheveux dans les yeux, ruisselante, je m'assis au milieu du désastre. Ma tartine-broche flottait à côté de moi. De l'autre côté du muret, un instant saisi, Casimir éclata de rire.

– Viens me tirer de là ! criai-je.

Casimir riait toujours à gorge déployée. Toute ma colère s'envola comme par magie. Je devais être affreuse ! Je n'osai même pas imaginer mon aspect.

– Non ! suffoqua Casimir. Remonte vers moi en me regardant méchamment. Remonte ! Remonte !

Je me mis à ramper sur les gravats, mes cheveux graisseux et noirs dégoulinant sur mes yeux tandis que Casimir prenait des photos les unes après les autres.

– C'est trop ! C'est trop ! répétait-il.

Je me hissai enfin sur le muret. Casimir arrêta d'appuyer sur son déclencheur.

– Si on n'a pas le prix avec ça, dit-il en tapotant son appareil, je mange mon appareil !

Et, sans égard pour ses vêtements ni pour son visage, il se pencha vers moi et m'embrassa une nouvelle fois.

Chapitre 25
La photo

Quelques jours plus tard, Casimir me retrouva derrière le philodendron du C.D.I. C'était devenu notre coin à nous !

– Je les ai ! me lança-t-il.

– Non ! Déjà ? Comment elles sont ?

– Regarde.

Il me posa une enveloppe sur les genoux. Je l'ouvris avec des doigts tremblants et sortis une photographie incroyable.

Casimir avait raison. Je ressemblais à un monstre ! Quelque chose d'informe et luisant sortait d'une masse huileuse et noire. Des doigts s'accrochaient à des morceaux de béton concassés. Le visage était terrible, laqué de noir, avec deux grands yeux magnifiques, clairs, immenses qui vous engloutissaient. Des dents très blanches apparaissaient dans la bouche déformée par un rictus mauvais.

C'était moi !

Sortant de ma mare de boue !

Je ne respirais plus tellement j'étais fascinée par cette photographie. Casimir s'assit sur la banquette à côté de moi.

– On tient le bon bout, Roseline.

Mon cœur se mit à battre à coups précipités. Casimir me prit la main.

Vanlanghermeersch passa sa tête entre le philodendron et le rayonnage des revues pédagogiques.

– Qu'est-ce que vous faites là, vous deux ?

– On parle, répondit Casimir.

Je m'assis sur la photo pour que la documentaliste ne la voie pas.

– Vous parlez de quoi ? demanda Vanlanghermeersch sur un ton soupçonneux.

– De choses et d'autres.

– Quand on est au C.D.I., on lit !

– On n'a fait que lire jusqu'à maintenant, répondis-je d'une voix joyeuse. Maintenant, nous rattrapons le temps perdu.

Vanlanghermeersch me coula un regard par en dessous.

– Qu'est ce que cela veut dire, Roseline ? Tu veux devenir illettrée ?

Quelqu'un appela la documentaliste. Elle sourit et nous menaça gentiment du doigt.

– Attention, vous deux ! Je vais finir par enlever ce philodendron !

Je décoinçai la photo de sous mon derrière. Elle était toute froissée.

– Ce n'est pas grave, Roseline, me rassura Casimir. J'en ai d'autres exemplaires.

Je fouillai dans l'enveloppe :

– Et les autres photos de la pellicule ?

– J'ai choisi la plus belle. Tu me fais confiance, Roseline ?

– Oui, tu sais bien.

– C'est celle-là qu'on va envoyer à *Top Nul*.

L'angoisse totale !

Chapitre 26
Affrontement de top models

À ce moment, Ingrid, très fière, s'avança dans le C.D.I. Je me renfonçai dans le dossier de mon fauteuil en mousse. Casimir se planqua derrière moi. Je n'avais pas envie de parler à cette fille. Gonzague la suivait comme un petit chien.

– ... mais j'ai fait ce que j'ai pu ! pleurnichait Gonzague.

– Quand je pense à mon travail saboté, j'en suis malade ! À croire que vous vous êtes tous entendus pour me faire plonger !

Concentrés sur leur conversation, ils ne nous virent pas derrière le philodendron.

– Les couleurs de tes photos sont pisseuses,

poursuivit Ingrid d'une voix implacable. Tu as cadré n'importe comment. Si je n'ai pas une épaule coupée, c'est le front, la moitié de la figure ou une jambe. La moitié des vues est floue, l'autre mal exposée à la lumière. J'ai une tête pas possible ! Et tu voudrais que je te remercie ?

Gonzague regarda derrière lui pour surveiller Vanlanghermeersh :

– Ce n'est pas ma faute… Tu m'aimes toujours ?… Dis, tu m'aimes toujours Ingrid ?

Celle-ci leva le menton d'un air méprisant et fila vers une table occupée par des élèves de sa classe.

Gonzague resta un moment, les bras ballants, triste à en mourir puis il fit demi-tour et disparut.

Nous sortîmes de notre cachette. Ingrid, embusquée derrière un classeur ouvert, nous aperçut, Casimir et moi.

– C'était bien ? demanda-t-elle d'une voix mauvaise.

– Quoi donc ? répondis-je.

– Les papouilles ? Les mamours ? Les petits guili-guili ? La petite bêbête qui monte qui monte ?

Casimir fit semblant de s'intéresser à des dictionnaires exposés sur un présentoir. Quant à moi, je décidai d'affronter l'adversité.

– Pourquoi tu me demandes cela, Ingrid ? Tu es en manque d'affection ? Ça ne marche pas fort entre Gonz et toi ?

– Occupe-toi de tes oignons, Roseline.

Les élèves qui nous entouraient étaient tout ouïe.

– Merci du conseil, Ingrid. À propos, comment s'est passée la fin de ta séance photos ?

Ingrid hésita. Elle savait qu'elle avançait en terrain miné.

– Très bien, répondit-elle avec son ton le plus prétentieux.

– Moi, j'ai utilisé ma géniale petite robe pour me faire prendre en photo par Casimir.

– C'est bien ce que je pensais, éclata Ingrid. Tu n'es qu'une sale traîtresse, Roseline ! Le concours de *Top Nul* c'était MON idée ! Pas la tienne ! Tu es une sangsue ! Un vampire ! Un… un…

La colère lui ôtait tous ses moyens. Je souris.

– Tu n'as rien à craindre, Ingrid. Rappelle-toi,

je ne suis qu'une grosse fille sans intérêt. Qui va gagner le concours à ton avis ? Une fille à l'IMC de 29,6 vêtue d'un sac-poubelle, ou une beauté surmoulée en combinaison panthère ?

Ingrid eut un sourire en coin.

– Je crois que tu vas te rendre ridicule une nouvelle fois, ma pauvre Roseline. J'ai l'impression que tu fais tout pour que les autres se moquent de toi !

Elle chercha en vain un appui parmi les élèves qui l'entouraient. Personne ne ricanait.

C'est à ce moment que je pris conscience du regard différent que les autres portaient sur moi.

Oui, ils me considéraient avec respect.

Chapitre 27
La gagnante

J'attendais le moment avec impatience et, chaque jour, je me débrouillais pour aller faire un tour à la Maison de la presse de mon quartier. Quand je vis enfin la couverture du n° 3 de *Top Nul*, je faillis tomber raide morte dans le magasin.

C'ÉTAIT MOI ! PHOTOGRAPHIÉE PAR CASIMIR !!!

La photo prenait toute la première page ! J'étais méconnaissable, diabolique et merveilleuse à la fois.

Un titre avait été imprimé au-dessus :

ROSELINE. ELLE FAIT PEUR ! C'EST LA

GAGNANTE !

Tout en bas, le sommaire du numéro ressortait en blanc sur le fond noir et brillant de ma robe :

- **Résultats du concours** *Top Nul.*
- **Comment loucher ? toutes les recettes.**
- **Échec à celles qui copient vos fringues !**
- **Beauté : la recette des ongles sales.**
- **Musiques : premier concert de rots.**
- **Tendances mode : les palmes fluo.**
- **Couture : fabrique-toi un boléro dans ta descente de lit.**
- **Courrier du cœur : j'aime un homme-grenouille.**

Pour un peu, je me serais mise à danser dans le magasin. J'achetai le numéro et me précipitai dans la rue en le feuilletant.

J'avais donc gagné le concours avec Casimir ! Ingrid et Gonzague n'étaient même pas cités dans les cinquante premiers ! Pour nous, c'était une semaine à Miami dans un palace huit étoiles faisant partie d'un « parc d'attractions démentes » ! Casimir et moi obtenions aussi un abonnement gratuit à *Top Nul*, les trente CD les plus nuls de l'année, les vingt vidéos les plus ringardes, une bouteille de parfum-insecticide, un sweat délavé avec des trous, une pince à linge à se mettre dans le nez et des tas d'autres babioles du même genre.

Délire total !

Je me ruai sur le premier téléphone venu et appelai mon chéri, mon sauveur, mon héros, mon Casimir.

– NOUS AVONS GAGNÉ ! hurlai-je à en faire péter les vitres de la cabine téléphonique.

– OUAIS ! HIP HIP HIP…

– HOURRA !

– Et Ingrid ?

– On n'en parle pas.

– La honte suprême.

– Viens vite chez moi !

– Je saute sur ma Harley et je suis là dans trois secondes.

– À tout de suite, mon cœur.

– À tout de suite, Roseline, mon amour tout rose.

Je raccrochai en souriant. Mes parents n'étaient pas là. Nous allions être tranquilles pour nous faire des papouilles, des bisous, des guili-guili, des petites bêtes qui montent qui montent… Casimir allait être si heureux de voir sa photo en couverture !

Quelle revanche ! Quelle gloire ! Quelle claque pour mon ennemie !

Je marchai dans la rue d'un pas décidé. Des milliers de trompettes jouaient au-dessus de ma tête. Des régiments d'angelots déversaient sur moi des pétales de roses. Les façades des immeubles se gondolaient de rire.

ROSELINE !
C'EST TON JOUR DE GLOIRE !
PROFITES-EN !

Épilogue

Quelques jours plus tard, Gonzague et Ingrid étaient assis sur les marches du collège. Ils avaient l'air accablé.

– Vas-y ! me dit Casimir.

– J'ai peur.

– Il faudra bien que tu leur parles un jour ou l'autre. Tu as une bonne idée. Alors, vas-y.

Il me poussa dans le dos. J'avançai vers les marches.

Gonzague releva l'une des mèches blondes qui lui pendaient comme toujours devant le visage. Il me vit arriver avec appréhension.

Ingrid se redressa, les mains sur les genoux. Ce

n'était pas des poches qu'elle avait sous ses yeux. C'était des valises ! Son visage était chiffonné, sans couleurs, triste, boursouflé. Ses paupières gonflées prouvaient qu'elle avait dû pleurer toutes les larmes de son corps.

– N'approche pas, me dit-elle.

– Je n'ai pas la peste.

– Tu as réussi ton coup ! Qu'est-ce que tu veux de plus ?

– Tu es donc au courant pour *Top Nul*.

– Tout le monde en parle au collège ! C'est toi la vedette. Tu es contente ?

– Oui je suis contente. Je suis la plus heureuse des filles. La rédaction va faire un reportage sur moi dans le prochain numéro. Ils veulent d'autres photos de Casimir.

– C'est la gloire, dit Gonzague d'une voix amère.

– J'ai aussi reçu les cadeaux, les billets et tous les lots.

– Bravo, s'exclama Ingrid. C'est pour nous enfoncer que tu es là ?

– Non, dis-je en sortant une épaisse enveloppe de mon sac. C'est pour vous donner ça.

Je tendis l'enveloppe à Ingrid. Elle la prit du bout des doigts.

– Qu'est-ce que c'est ?

– Les billets pour Miami. Malgré tout ce que tu m'as dit, je n'ai pas oublié que c'est toi qui m'as défendue en cours de gym. C'est aussi grâce à toi que je suis sortie de ma mare de boue. C'est aussi grâce à toi que Casimir et moi… Sans oublier ton cher Gonz qui est devenu adorable avec moi, ce qui n'était pas gagné.

Ingrid releva des yeux brillants de larmes :

– C'est pas vrai. Tu te moques de moi.

– C'est toi qui mérites le premier prix, Ingrid. Avec Gonzague. Casimir est d'accord. Nous vous donnons les billets.

Ingrid pressa l'enveloppe contre elle. Elle resta silencieuse pendant une éternité. Puis, soudain, elle bondit sur ses pieds et me serra dans ses bras.

– Roseline ! Si tu savais comme je regrette tout ce que je t'ai dit ! J'ai tellement honte ! Roseline ! Tu me pardonnes ?

– Oui, dis-je en souriant.

Roseline au top !
Michel Amelin

Je m'appelle Roseline. J'ai quatorze ans et quelques kilos en trop. Les garçons n'arrêtent pas de se moquer de moi. Aujourd'hui, en cours de gym, Ingrid, la nouvelle, a pris ma défense et giflé Gonzague ! Elle prétend qu'elle me comprend mais comment le pourrait-elle ? Avec sa silhouette parfaite, cette fille a tous les garçons à ses pieds ! Qu'attend-elle de moi ?

Mon année
avec des garçons impossibles
Michel Amelin

On m'a jeté un sort, je ne vois que ça !
Dès que je rencontre un garçon, soit il est déjà pris, soit nos parents s'y opposent, soit il me fait peur... On est des milliards sur cette planète et je n'ai pas encore rencontré le garçon qu'il me faut ! Mais qu'est-ce qui cloche chez moi ?

La Plus belle lettre d'amour
Geneviève Senger

Ninon est persuadée qu'elle va rester seule toute sa vie. Parce qu'elle n'est encore jamais sortie avec un garçon. Parce que lorsqu'elle tombe amoureuse, c'est du copain de sa meilleure amie. Mais où est son prince charmant ?

Comment séduire un garçon en 10 leçons
Béatrice Nouer

Séraphine est amoureuse d'Eugène, le fils de la pharmacienne. Mais elle a beau passer le plus clair de son temps à la pharmacie, changer toute sa garde-robe et même se rapprocher de son grand frère dont Eugène est le meilleur copain, on ne peut pas dire que ses efforts soient couronnés de succès. Les dix leçons d'un mystérieux site Internet l'aideront-elles davantage à se faire remarquer ?

Charmant capitaine
Michel Amelin

Marko a trouvé un sponsor pour participer à la grande course de voiliers de Code Creek mais le directeur des sodas Sweeteen lui impose un nouvel équipier : sa fille, Tina. Marko n'accepte pas que cette inconnue lui vole le rôle de skipper. La belle Tina parviendra-t-elle à l'apprivoiser avant la course décisive ?

La Réparatrice
des p'tits cœurs brisés
Gudule

Rose et Alice sont sœurs jumelles. Pourtant, elles sont aussi différentes que le jour et la nuit. Si Rose cultive son look de garçon manqué, Alice est hyper féminine avec ses longs cheveux et ses mèches violettes... Tout va pour le mieux dans le monde des jumelles jusqu'au jour où Rose décide de se mêler des affaires de cœur de sa sœur...

우슬이
멀려가봤자

Lito
41, rue de Verdun 94500 Champigny-sur-Marne
Imprimé en CEE
Loi n° 49-956 du 16 juillet 1949 sur les publications destinées à la jeunesse
Dépôt légal : mai 2004

Tu as terminé les aventures
de Ninon ?
Découpe maintenant le bracelet chance
de ce livre et noue-le à ton poignet
en faisant **un vœu.**
Il suffit que ton bracelet magique
se détache pour que **ton souhait se réalise.**